Mein Nachbar hat heute Ausgangssperre

Ein Drama in 16 Provinzen und mit 165 Inzidenzen

Harlekin Pierrot

Kurzgeschichten und Gedanken zum Zeitgeschehen

Für meine Frau, ohne die diese Bücher

nicht entstanden wären!

Mein Nachbar hat heute Ausgangssperre

Ein Drama in 16 Provinzen und mit 165 Inzidenzen

Harlekin Pierrot

Kurzgeschichten und Gedanken zum Zeitgeschehen

3

Bibliographische Information der Deutschen
Nationalbibliothek

Die Deutsche Nationalbibliothek verzeichnet diese Publikation
in der deutschen Nationalbibliographie, detaillierte
bibliographische Daten sind im Internet über http://
dnb.dnb.de abrufbar.

Herstellung und Verlag

Books on Demand, Norderstedt

ISBN 9783754302309

4

Zum Geleit

Kommt mit auf einen Trip nach „Absurdistaan-Merkelanien", (keine Annäherung an den gleichnamigen Film „Absurdistan"). Im Volksmund bezeichnen die Menschen ihre Heimat kurz als Absurdistaan, sie liegt irgendwo im Nirgendwo. Vielleicht erkennt ihr Parallelen zu eurem Leben in eurem Land. Ich erzähle euch hier meine Eindrücke aus Absurdistaan-Merkelanien – sie können euch inspirieren, ihr könnt sie doof finden, aber ich habe und hatte Spaß beim Schreiben!

Im zweiten Teil gibt es „philosophische" Essays, zu den Dingen, die mich berühren und zum Nachdenken anregen – es sind Gedankenfragmente und keinesfalls wissenschaftliche Abhandlungen, denn dazu sollen sie nicht dienen. Sie mögen zum Nachdenken und Diskutieren anregen – gerne auch mit mir! Nicht mehr und nicht weniger.

Viel Freude beim Lesen!

Harlekin Pierrot

1. Abschnitt

Mein Nachbar hat heute Ausgangssperre

Ein Drama in 16 Provinzen mit 165 Inzidenzen

Absurdistaan -Merkelanien und die 16 Lehensländer

Wir sind ein föderales Bundeskönigreich mit 16 Lehensländern.

Wo und was wir tun bestimmen die 16 Lehensherren und -damen, die wir auswählen.

Wir empfangen aus ihrem Munde die Gnade zu leben, zu sterben oder was sonst so möglich ist.

Im Großherzogtum Kretschmarsen versucht man ökologisch mit grün-schwarzen Ideen zu leben, das Königreich Söderland zeigt, neben den Wiesen, das Interesse den Gesamtvorsitz in Merkelanien zu übernehmen, während man in Woidkien nix dergleichen hört. In der Hansestadt Bovenschulte duelliert man sich lieber mit der Stadt Tschentschersen, die bis vor kurzem nach 21 h schlafen gegangen ist!

Im Fürstentum zu Bouffier zählt man lieber einfach Dukaten, die dem Herzogtum Schwesingen fehlen, weil im Herzogtum Weil davon vom Stamm der Ostfriesen nicht geglaubt wird.

Im Kronland Laschetien kommt man aus dem Denken nicht heraus, da dies herrschaftlicher Wille ist — im

Gegensatz zum Königreich Dreyern – dort schmeckt der Wein besonders gut, nicht so wie in der Baroness Hansland. Ganz besonders freiheitsliebend ist es aber im freien Herzogtum zu Kretschmer, die nur im Nachbarland Haseloffien Konkurrenz sehen. Die Stadt zu Müller gibt sich weltoffener als die benachbarten Ramelowier, die nicht zwischen den Meeren Leben wie die Untertanen im güntherschen Lehensland.

Und im Herbst wissen wir, ob Absurdistaan-Merkellanien zu Absurdistaan-Baerbocksien, Absurdisataan-Groß-Laschetien oder zu Absurdistaan-Scholzonien wird.

Wir haben es in der Hand.

Reise nach Absurdistaan

Willkommen liebe Mitreiseende, ich freue mich, dass sie mich auf der Reise nach Irgendwo im Nirgendwo begleiten. Unser Ziel ist das Land Absurdistaan. In Absurdistaan leben Menschen wie Du und ich, es hat 16 Provinzen und ist eigentlich recht gut entwickelt – die meisten Menschen werden von ihrer Arbeit satt und das Sozialsystem entspricht unseren Standards. Nur manchmal ist einiges anders, was das werdet auf unserem gemeinsamen Reise erleben, vieles davon wird euch bekannt aus eurer Heimat vorkommen, ... aber seht selbst.

Wie eben schon erwähnt, Absurdistaan hat 16 Provinzen, in denen die Provinzfürsten, die politische Macht ausüben – Die Absurdistaaner leben ohne Grenzwerte für Gefahren, sie werden der Situation durch ministeriale Erlasse angepasst, so dass das gesellschaftliche Leben ohne Schaden ungehindert weiterlaufen kann.

Besondere Entscheidungen werden durch die herrschenden auch sehr gut vorbereitet, denn es gilt der Grundsatz:

„Das, was du gestern hast zu tun wird morgen erlassen und heute in der Presse veröffentlicht."

Mit diesem Grundsatz leben die Absurtistaner eigentlich sehr gut – sie wissen, wenn sie an der Fähigkeit der herrschenden zweifeln, ist es selten sinnvoll, denn dort werden Karrieren geschmiedet und vorangetrieben. Entscheidungen werden nach Proporz und persönlichem Ermessen getroffen, wissenschaftliche Erkenntnisse und Wissen sind eher unwichtig, manchmal sogar störend!

Liebe Mitreisende, tauchen sie ein dieses schöne Fleckchen Erde und genießen sie ihren Aufenthalt mit mir.

Absurdistaan, Absurdistaan

Absurdistaan, Absurdistaan,

jetzt fängt ein neuer Tag hier an!

Absurdistaan, Absurdistaan,

warum hast Du uns das angetan,

fragte doch ein Untertan!

Absurdistaan, Absurdistaan,

wer ist wieder denn in besondrem Wahn?

Absurdistaan, Absurdistaan,

man erfährt es hier aus der Presse dann,

was wir zu tun haben dann!

Absurdistaan, Absurdistaan,

jetzt fängt die Nacht hier an!

Die Meinung der Menschen in Absurdistaan

Die Menschen in Absurdistaan leben ein glückliches Leben, weil die Entscheidungen ihres Lebens ständig im Fluss sind, sie brauchen sich kaum zu orientieren, da die herrschenden sie relativ unmündig halten.

Die Menschen dürfen ihre Meinung frei äußern, aber ob sie von den Entscheidungsträgern gehört wird, ist nicht gesichert, diese entscheiden lieber nach eigenem Gutdünken.

Gesunder Menschenverstand ist in Absurdistaan auch nicht wirklich gefragt, denn er hindert beim „Karriere machen" – eine der hauptsächlichen Bewegründe der „politischen" Menschen in Absurdistaan.

So fügen sich die Absurdistaaner sich diesen Menschen, sie murren zwar manchmal, aber eigentlich sind sie sehr folgsam!

Zündeln und Brennen in Absurdistaan

Heute zündeln wir, morgen brennen wir, übermorgen klagen wir, nur niemals überlegen wir, denn das wäre absolut absurd in unserem Absurdistaan.

Mein Nachbar hat heute Ausgangssperre

In diesem Land gibt es zurzeit immer wieder mit Unterbrechungen Kontaktbeschränkungen und Ausgangssperren. Nein, der Absurdistaaner ist nicht kontaktscheu, aber er wird von Verordnungen auf wesentliche Kontakte beschränkt. Mal eine Person, mal ein Haushalt, mit dem man sich treffen darf. Auch darf man in den Provinzen unterschiedlich lange sich im Freien aufhalten – mal bis 21 Uhr mal bis 22 Uhr oder auch unbeschränkt – es ist regional unterschiedlich und nicht immer einsichtig!

Diese Verordnungen sind der Tagespresse der jeweiligen Provinz zu entnehmen, denn es ist wie schon berichtet, regional unterschiedlich.

Der Satz „Mein Nachbar hat heute Ausgangssperre" gehört hier zum alltäglichen Sprachgebrauch und weist deutlich auf die Situation hin – er ist keinesfalls wertend zu verstehen!

Testzirkus und Maskentheater

In Absurdistaan gibt es Schulen mit einem Maskentheater sowie einem Testzirkus, jeder hat sich zu testen, um am Unterricht maskiert teilzunehmen. Bildungsgerechtigkeit steht im absurdistaanischen Staat an erster Stelle.

Auch werden hier die Grenzwerte ministeriabel variabel festgelegt, damit der absurdistaanische Lernende immer präsent ist, da er zu Hause ja nicht wirklich beschult werden kann – es ist den absurdistaanischen Lehrkräften nicht zu zutrauen, Distanzlernen zu organisieren.

Wortspielereien in Absurdistaan

Absurd ist wann?

Absurd ist dann!

Absurdistaan

Absurd ist wer?

Absurd ist er und sie und es!

Absurdistaan

Absurd ist hier!

Absurd ist fern!

Absurdistaan

Absurd ist Ann!

Absurd ist Stan!

Absurdistaan

Politische Vorbilder in Absurdistaan

Das Wunschkonzert der Politiker – in Gedenken an die Opfer einer Pandemie – stellt Kerzen auf – mehr nicht, in Absurdistaan ist das üblich solche Gesten zu vereinbaren, anstatt zu handeln.

Oder aber ich suche mir den Impfstoff aus – alle anderen bekommen eine Zuteilung – so ist man ein Vorbild!

Trauriger Epilog: Das Vorbild hat trotzdem eine Infektion bekommen, ich wünsche ihm einen leichten Verlauf und möglichst keine Spätfolgen, denn diese Krankheit ist furchtbar!

19

Notbremse in Absurdistaan

Die Notbremse und die Freiheit, ein in Absurdistaan hohes Gut, nur keiner glaubt das eine, oder besser die „Notbremse", die keine wirkliche ist, hilft. Einige glauben sogar, dass ihre verbrieften Grundrechte beschnitten werden – lest doch bitte einmal in der Absurdistaanischen Verfassung nach, da werdet ihr merken, dass dem nicht so ist.

Spannend, denn wirkliche Verantwortung will keiner übernehmen, merken die Menschen in Absurdistaan eigentlich nicht, dass es nur wirkliche Freiheit gibt, wenn sie sich beschränken und einmal Verzicht lernen – und tatsächlich einmal Grenzwerte einhalten. Sicherlich ist man mürbe von Social Distancing und Ausnahmezustand, aber es ist nicht ändern!

Hoffen wir für die Absurdistaaner, dass es nicht mehr lange so ist!

Regeln für die Notbremse im Absurdistaanischen Maskentheater

„Wenn der Wert drei Tage über / unter 100 liegt, wird die Unterrichtsform am Tag 4 beibehalten, jedoch ab Tag 5 angepasst.

Wenn die Sonne über der Eiche den Adler küsst und du keine 4. Klasse in der Grundschule hast oder eine an der Förderschule, die nicht nach Lehrplan unterrichtet wird.

Logisch"

Das ist ein typisches Gesetz aus Absurcistaan.

Nachtrag: Dank an die Tweet-Verfasserin @MelsGedanken, ich habe es zitiert, weil es hier passend ist!

HP

Das Absurdistaanische Abitur

Jetzt sind sie wieder, die jährlichen Schulabschlussprüfungen in Absurdistaan. Auf den Straßen hetzen die Prüflinge in ihre Maskentheater, um die Prüfungen zu absolvieren.

Aber was ist eine Prüfung?

Da wird dir attestiert, dass du etwas beherrschst!

Da wird dir attestiert, dass Du Probleme lösen kannst!

Jetzt kommt aber das Leben und fragt dich:

Wird dir da attestiert, dass du etwas beherrschst?

Wird dir attestiert, dass du Probleme lösen kannst?

Ich, der Harlekin, glaube das kaum, denn das Leben zeigt dir, ob Deine Lösung passend war! Denn das Leben ist eine ständige Prüfung!

Das ist nicht nur in Absurdistaan so …

Prominenz in Absurdistaan

Schlimm, wenn selbst Prominente, die im Rampenlicht stehen, nicht merken, wie ernst die Lage in Absurdistaan ist. Sicherlich leben sie vom Publikum, nur merken sie nicht, dass die Intensivstationen voll sind, Familien Tote beklagen, Schulen unter besonderen Bedingungen arbeiten, Gastronomie zurzeit nicht stattfindet ...!

Humor und Satire ist wichtig – auch in Absurdistaan – nur es gibt Grenzen.

Das ist nicht die Ausnutzung von Meinungsfreiheit, sondern eher eine Verhöhnung der Situation. Natürlich darf und soll jeder sagen, was er denkt, aber dabei sollte Anstand und Respekt gewahrt werden!

Reisen in Absurdistaan

Man darf in Absurdistaan in bestimmte Provinzen nur unter speziellen Bedingungen einreisen. In manchen Provinzen sind sogar Kinder und Jugendliche unerwünscht, denn sie erfüllen einige Kriterien nicht. Man muss einen Impfnachweis oder eine Genesenen-Attest vorlegen können, um in diese Regionen zu reisen. Für unsere Reise durch Absurdistaan ist das eine wirkliche Schwierigkeit – das sind jetzt wirklich Einschränkungen der Absurdistaanischen Grundrechte, die Gesellschaft wird dadurch gespalten und in zwei Klassen geteilt!

Ich, der Harlekin, frage mich, mit welcher Begründung solche Entschlüsse gefasst werden, mit rationalen Entscheidungen haben die nichts mehr zu tun!

Ich, der Pierrot, bin unendlich traurig so etwas erleben zu müssen, denn hier zeigt sich wie wenig Menschlichkeit vorhanden ist – und der Egoismus über Hand nimmt!

Sommerfreuden in Absurdistaan

Der Geundheitsstatthalter von Absurdistaan gibt die Impfstoffe frei, damit sich alle möglichst schnell wieder frei bewegen und reisen können. Das ist sicherlich eine schöne Maßnahme, aber doch medizinisch sowie wissenschaftlich bedenklich.

Denn erst werden auf die Ergebnisse der Wissenschaft Entscheidungen gefällt – jetzt werden die Wege der Lobbyisten beschritten. Es zeigt sich, wie so oft in Absurdistaan, dass nicht Sachgründe Entscheidungen beeinflussen, sondern äußere Einflüsse.

Es gibt keine Risikoabschätzung – sondern die Parole:

„Habt den Sommer schön!"

Hurra, wir öffnen in Absurdistaan

Jetzt hat die Bevölkerung von Merkelanien-Absurdistaan es geschafft, endlich ein wenig Erleichterung in diesem Schreckensszenario der Pandemie zu verspüren. Dier Herrschenden nutzen die Erleichterung, um sofort wieder alles zu öffnen – ohne Sinn und Verstand, alles wird über Bord geworfen, ohne Gedanken an das Szenario, man braucht nur einen Impfnachweis, einen Negativ-Test oder eine „Genesenen-Bescheinigung", dann darf man wieder in das Shopping Leben zurück.

Der Absurdistaaner will endlich das volle Leben wieder genießen, vergessen ist die Pandemie, Solidarität und Rücksichtnahme ist nicht wesentlich! Vernunft brauchen die Absurdistaaner nicht, denn sie hindert am normalen Leben.

Impfungen für Jedermann

Im Juni geht es los, jedermann in Absurdistaan bekommt eine Impfung! Wir müssen es schaffen – wissenschaftliche Erkenntnisse sind unwichtig, wir werden es schaffen! Das ist der Slogan in Absurdistaan!

An die ausführenden denkt dabei keiner, an die mögliche Logistik auch nicht, es wird nur einfach verlautbart und das wesentliche wird delegiert! Typisch für Absurdistaan – erst wird es veröffentlicht und nicht über eine sinnvolle Planung nachgedacht. Das ist der normale Gang, die Absurdistaaner wundern sich darüber auch nicht, sie nehmen es zur Kenntnis und handeln danach … Lobbyismus vor Realismus!

Jedermann darf, nur reichen eigentlich die Impfstoffe, haben wir genug Serum – danach wird hier nicht gefragt!

Bildung aber sicher in Absurdistaan
...Eilmeldung ...

In einer der Provinzen wird am 31.Mai wieder „Normalunterricht" im Maskentheater durchgeführt. Wieder erfährt man es aus der Presse, bevor es die betroffenen Personen vom Dienstherren hören. Das Spiel 16 und 1 ist in vollem Gange, jeder macht sein Spiel und seinen Einsatz! Kinder und Jugendliche sind eigentlich Reichtum, aber mit diesem Reichtum wird ziemlich verantwortungslos umgegangen und es wird ihnen eine Menge abverlangt. Es ist wahnsinnig, was sie zurzeit erleben und erleben müssen. Sie und auch ihre Eltern beeindrucken mich in dieser Zeit. Lehrkräfte im Allgemeinen auch, weil sie inzwischen sehr flexibel auf alle möglichen Entscheidungen reagieren. Auch jetzt müssen sie plötzlich wieder alles ändern – wo es etwas funktioniert- kann man nicht noch vier Wochen warten, dann wäre Sommerpause und startet dann im Herbst!

Gute Nacht in Absurdistaan

Gute Nacht in Absurdistaan, heute zündeln wir, morgen brennen wir und übermorgen klagen wir, doch niemals denken wir, denn das wäre absolut absurd, wir sind ja in Absurdistaan!

2. Abschnitt

Philosophische Gedanken – kurze Essays über das Leben, die Wissenschaft und die Verantwortung

Ein Rückblick ist ein Ausblick

Ein seltsames, merkwürdiges Jahr 2020, was wir durchlebt haben. Für viele ganz anders als erwartet. Das neue Jahr ist inzwischen auch schon fünf Monate alt, steht hier aber nicht im Mittelpunkt. ... Deswegen jetzt die Worte von der Silvesternacht:

Heute geht das Jahr zu Ende und ein neues beginnt. Anders als erwartet.

Angefangen hat alles ganz normal, die Pflichten und Planungen waren normal – was so ein Alltag alles erwarten kann, nicht hat uns aus der Ruhe gebracht, die Meldungen aus China sind weit weg. Wir treffen uns mit Freunden feiern und lachen. Das, was da in China passiert kann uns doch nicht treffen, noch m Januar waren Die Meldungen so, dass ein örtlich regionales Problem ist und kein weltweites.

Doch plötzlich schwappt es nach Europa – Ischgl ein Sammelpunkt vieler Nationen zum Aprés-Ski und feiern. Noch immer ist das Virus keine wirkliche Bedrohung...

Aber auf einmal werden mehr Leute krank, es breitet sich eine neue Krankheit aus, die Fachleute sprechen von einer Gefahr und sagen den Karneval ab, ... das ist seltsam. Menschen sterben. Es werden

Reisebeschränkungen eingeführt, es werden Pandemieregel erlassen. Das vereinte Europa zerfällt in viele Einzelnationen, jeder versucht sich selbst zu retten. Die Regierungen sprechen einen Lockdown aus, das alltägliche Leben kommt hier am 13. März zum Erliegen. Mundschutz und Desinfektion gehören zur Tagesordnung, man kategorisiert Menschen in Risikogruppen und … es gibt kein normales Leben wie vorher mehr.

Es kommt zu Schulschließungen, zum Distanzlernen, das öffentliche Leben erliegt, Gaststätten und Kultur werden einfach geschlossen. „Social Distancing" ist das neue Leben.

Im Sommer eine kleine Erleichterung, man öffnet etwas und es gibt leichte Entwarnung, die Menschen erholen sich von dem ersten Lockdown, man schöpft Hoffnung, dass alles einfacher wird, Risikogruppen werden abgeschafft und sie kehren in einen halbfreien Alltag zurück!

Im Herbst dann die Ernüchterung, die Zahlen steigen wieder und man versucht mit einem „Lockdown-Light", die zweite Welle zu brechen, was leider nicht gelingt. Es kommt zum nächsten Lockdown, den wir erleben müssen. Jetzt gilt nur mehr medizinische oder FFP 2, wieder wird alles in die Isolation gefahren, doch die Zahlen fallen nicht …! Dann der Silberstreif, es gibt einen Impfstoff, aber wann für alle und wie schnell geht es, …

In der Weltgeschichte halten Wahlen die Menschen auf Trab, der Mann im Weißen Haus bereitet allen Sorgen, kommt es hier zu Eskalation?

So schließt das Jahr 2020 und das Jahr 2021 schleicht leise zur Tür herein …

Leben wie „die Physiker"

Rückblick in meine Schulzeit – es war doch seltsam, denn wir haben damals Friedrich Dürrenmatts „Die Physiker" lesen und interpretieren müssen – das war vor über 30 Jahren. Es war für mich nicht wirklich verständlich was der Autor damit sagen wollte und ich schwitzte in den Deutsch-Prüfungen, …

Es faszinierte mich einerseits die Naturwissenschaften zu studieren und mich damit zu beschäftigen, eine schöne und lohnende Erfahrung, die ich nicht missen möchte, andererseits blitzten auch Gedanken auf darüber sich auch philosophisch auseinander zu setzen, …

Jetzt, so als Mensch in den mittleren Jahren kann man es, mit mehr Gelassenheit und auch mit mehr Weitblick.

Darum lade ich Euch, liebe Leser, einmal durch meine Brille zu schauen – ihr müsst es nicht – aber vielleicht ergeben sich daraus Gespräche und Diskussionen und das ist immer ein schönes Ziel!

Ich fühle mich manchmal wie in diesem Theaterstück, denn die Klugen leben im Irrenhaus und die anderen draußen. Nur verüben wir keine Morde, um in diesem Schutzraum zu bleiben. Wir sind aber genauso machtlos, etwas zu unternehmen, um manchen Irrsinn zu stoppen!

Vielleicht sehe ich das falsch, aber doch werden viele Dinge über besseres Wissen und Gewissen entschieden. Wir sollten vielleicht anfangen uns das „Irrenhaus" zurückzuerobern und unser Wissen dafür zu verwenden. Oft sehen wir, wie entschieden, oder gerade nicht entschieden wird. – Auch auf die Ratgeber wird wenig gehört. Die lautstarken Lobbisten werden eher bevorzugt und selten hinterfragt.

Meiner Meinung nach muss sich die Wissenschaft zwar exponieren, aber sollte ihre Unabhängigkeit behalten, was schon lange nicht mehr wirklich so ist. Also verkriechen sich viele in das Irrenhaus und meinen damit sind sie geschützt. Nur vergessen sie dabei, dass ihre Ideen und Gedanken schon längst verwendet werden. Es hilft nicht, sich in ein Irrenhaus zurückzuziehen, denn Verantwortung muss behalten werden oder wieder übernommen werden.

Wenn wir wieder in Lage sind Wissenschaft nicht als Handlager zu sehen, sondern als Entdecker und Wegbereiter von Zukunft, wird es wieder einfacher in dieser Welt.

So fühle ich mich in diesem Irrenhaus gefangen und versuche darüber nachzudenken – und es zu artikulieren, dass wir, besonders die Wissenschaft, eine

Verantwortung für die Welt haben. Hier hat Dürrenmatt, zwar aus anderer Intention, heute noch immer Aktualität. Lasst uns anfangen!

Die Verantwortung der Wissenschaft vor der Welt – oder die Verantwortung der Welt vor der Wissenschaft

Eigentlich ist es, dass die Wissenschaft der Welt einen Weg weisen kann. Im Normalfall merken wir diese Verantwortung und die sie Prozesse kaum, denn die Entwicklungen werden in das gesellschaftliche Leben eingetragen und wir profitieren davon. Manchmal werden auch einig Dinge einfacher und unkomplizierter, da der Komfort gesteigert wird. Es wird im Kleinen und manchmal im Großen davon berichtet, wir nehmen es unaufgeregt zur Kenntnis, ohne weiter zu hinterfragen.

In Extremsituationen hören wir dann, manchmal, auf Wissenschaftler, da sie vielleicht einen Weg aus manchen prekären Situationen wissen könnten. Das funktionierte auch in der ersten und zweiten Welle unserer derzeitigen Situation einigermaßen zielführend und es eskalierte nicht wirklich. Die Verantwortung der Wissenschaft vor der Welt hat einigermaßen funktioniert!

Doch plötzlich beginnt das Konstrukt zu kippen und die Entscheidungsträger dieser Welt treffen ihre Entscheidungen, ohne auf die Erkenntnisse der Wissenschaft zurückzugreifen – denn ihre populistischen

Ziele sind wichtiger als das wirkliche Schicksal. Die glaubwürdigen Stimmen werden einfach ausgeblendet. Hier stehen dann persönliche Interessen im Vordergrund und selten das Gemeinwohl – Wissenschaft wird hier dann eher noch verunglimpft und in Zweifel gezogen – die Entscheidungen werden eben auf Glauben und Ahnung aufgebaut.

Einige Wissenschaftler dienen sich hier an und springen auf den Zug auf, was die schon schmale Akzeptanz noch mehr schmälert – es kommt zu unschönen Diskussionen und Diffamierungen.

Hier sieht man, dass die Welt eben nicht die Verantwortung vor der Wissenschaft hat oder gar nicht übernehmen will.

Menschenverstand spielt dabei kaum eine Rolle – wäre aber für die Gesellschaft manchmal einfacher, wenn alle danach handeln würden – und hier auch die wissenschaftlichen Erkenntnisse einbeziehen würden.

Verantwortung müssen beide – und auch wir - übernehmen und sich nicht immer vor Entscheidungen drücken, denn sonst werden wir nie in der Lage sein das Leben weiterzuentwickeln!

Bewertungsmaßstäbe

Es gibt Menschen, die merken einfach, dass andere Menschen ihre Mitmenschen diskreditieren.

Sie arbeiten dann mit der Sprache und über die Macht der Sprache analytisch heraus, wie solche Vorgänge passieren. Das Verstehen leider nur wenige Menschen, denn sie sind nicht in der Lage Worte und Sätze zu deuten.

So passieren oft gefährliche Missverständnisse. In dieser Zeit ist es besonders in den sogenannten „sozialen Netzwerken" so, dass Menschen an den Pranger gestellt werden und kaum nach dem Hintergrund gefragt wird. Die Welt der „Kurznachrichten" muss vorsichtig genutzt werden – um eben solche Vorfälle zu vermeiden!

Bewertungsmaßstäbe sind eben individuell und sollten immer selbst beim Schreiben und Lesen überprüft werden.

Dank

Ihr habt es ausgehalten mich nach Absurdistaan zu begleiten, die kurzen Texte – sie sind ein kleiner Versuch unser Zeitgesehen literarisch zu dokumentieren. Diese Fragmente – kurzen Prosastücke sind vielleicht nicht der große Text, regen aber zum Nachdenken und Diskutieren an. Es ist meine persönliche Sichtweise – bis auf ein Zitat, dass mir auf Twitter aufgefallen ist und sehr gut in das Leben in Absurdistaan passen. Manchmal sind solche Netzwerke eine Quelle von Inspirationen – man wird mit anderen oder auch ähnlichen Sichtweisen konfrontiert, die mich inspirieren.

Ich werde weiter aus Absurdistaan berichten, mal länger mal kürzer in unregelmäßigen Abschnitten, wer mich dabei begleiten will ist herzlich eingeladen. Auch ihr könnt hier zitiert werden, denn Absurdistaan geht jeden von uns an.

Natürlich ist hier keine Parallele mit dem Film „Absurdistan" zu ziehen – er spielt hier keine Rolle, damit keine Verwechslung geschieht, wir befinden uns in Absurdistaan!

Ein besonderer Dank auch an meine Frau, sie ist die, die mich zum Schreiben gebracht hat, sie ist meine Muse, die mir den Weg zeigt– und oft bei der Titelsuche ein gutes Gespür hat.

Danke fürs Lesen!   Euer Harlekin Pierrot

www.harlekinpierrot.com

41

Inhaltsverzeichnis